AF469638

CHARLES NODIER

MOI-MÊME

Ouvrage Inédit

avec une

Introduction sur le Roman Personnel

par JEAN LARAT

PARIS
EDOUARD CHAMPION, ÉDITEUR
5, QUAI MALAQUAIS, 5

1921

Issoire. — Imp. A. VESSELY.

MOI-MÊME

CHARLES NODIER

MOI-MÊME

Ouvrage Inédit

avec une

Introduction sur le Roman Personnel

par JEAN LARAT

PARIS
EDOUARD CHAMPION, ÉDITEUR
5, QUAI MALAQUAIS, 5

1921

NOTE SUR L'OPUSCULE DE NODIER INTITULÉ MOI-MÊME

ET SUR

L'ÉVOLUTION DU ROMAN PERSONNEL

Ceux qui pensent que le roman personnel a contribué à obtenir du principe socratique du *Connais-toi* toute l'utilité dont il était susceptible, et préparé à qui aura pratiqué les règles de réflexion auxquelles il aboutit enfin, une activité plus harmonieuse et plus lucide, voudront bien accorder quelque bienveillance au bref essai d'analyse du moi que voici, laissé par Nodier dans ses cartons. Cet esprit ondoyant, subtil et incertain, doué d'antennes innombrables et dépourvu de " quartier général " a été l'un des exemples les plus caractérisés que nous possédions de cette réunion des dons intuitifs mal coordonnés, à peine conscients parfois qui constituent ces pionniers du savoir et de l'évolution spirituelle qui seraient voués à un oubli croissant si l'érudition ne venait parfois les interroger et ne se souciait de démêler les causes de leur échec : *les Précurseurs*.

Dans le petit roman intitulé de façon frappante et

par une innovation dont il ne sent point la portée, *Moi-même*, Nodier avec la marche hésitante de sa pensée, son style haché, las, prompt aux chutes, aux retours sur soi, aux découragements inexploités, nous donne tout à la fois quelques clartés sur le développement de son individu préfiguré dans cet ouvrage de début, et sur la genèse d'un genre littéraire, dont le bilan n'est pas encore fait, mais qui sera l'un des plus honorables pour notre temps : le roman personnel, naguère objet d'engouement, aujourd'hui instrument de progrès mental et préparation nécessaire à une activité littéraire coordonnée.

Un adolescent de vingt ans qui se montre, même dans cette " pochade ", doué d'un sens naturel des procédés techniques de la littérature, d'une curiosité alerte et presque combattive, on pourrait dire déjà d'une intelligence de pionnier, un débutant dans la polygraphie, que nous savons au demeurant destiné à recueillir pendant un quart de siècle la manne des idées et des thèmes littéraires pour des émules qui l'éclipseront définitivement, nous laisse apercevoir ici, avant même son entrée dans l'arène, le germe mortel qui entache les promesses de sa gloire : l'incapacité d'oublier son moi; voilà pour Nodier. Enfin un essai dont le titre *Moi-même* marque d'une manière nette le premier aveu du roman personnel consciemment dit, voilà pour l'histoire d'un genre littéraire, qui a des limites moins précises, des quartiers de noblesse moins anciens que la tragédie, par exemple, mais éveille dans les âmes contemporaines des résonances aussi profondes, le souvenir des plus chères douleurs, des joies secrètes, des formes désavouées d'une sensibilité sacrifiée sur les autels de l'intelligence.

C'en est assez, sans doute, pour nous encourager à parcourir le chemin qui mène Nodier des promesses du génie jusqu'à l'échec, et le roman personnel de la semi-pornographie, jusqu'aux plus beaux préparatifs d'une renaissance de l'idéalisme français, parcours si parallèles qu'il est impossible de recueillir l'Idée qui les dépasse sans les confondre résolument.

I. — Nodier. — Ses sources. — Sa fonction individuelle ou les annonces et la naissance d'un genre littéraire.

De qui procède Nodier lorsque, bloqué par la pluie dans son rez-de-chaussée bisontin, il se met avec maussaderie et quelque sentiment gascon à analyser son moi ? Si nous voulions en croire certain ouvrage sur le *Roman personnel de Rousseau à Fromentin*, nous ne serions pas éloignés de nous persuader que tous les romans français, exception faite pour ceux que nous a laissés le Moyen-Age, sont romans personnels. Autant faire de l'auteur du *Ramayana* un précurseur de Mistral, sous le prétexte que tous deux abordèrent l'épopée. Au vrai, deux hommes de génie étaient capables, en surcroît de leur œuvre, de créer ce genre tandis qu'une foule d'épigones ou de talents honorables s'en sont approchés en le soupçonnant à peine. Montaigne, érudit profondément souple et compréhensif dans un siècle où l'érudition a failli tout gâter, et où Ronsard et Rabelais étaient perdus eux-mêmes sans la vigueur de leur tempérament et des dons supérieurs pour les sonorités, Montaigne a tout analysé en lui, depuis les instincts dont il parle complaisamment à propos de *Quelques vers de Virgile* jusqu'au sens de l'héroïsme et du sacrifice merveilleusement épanoui chez les anciens, qu'il relit sans cesse. Rousseau, dans le siècle de la raison, fouille son cœur avec avidité pour y retrouver les plaisirs perdus ou du moins tuer le vice qu'il sait impérieux dans son naturel malsain. Tentatives, l'une et l'autre sans lendemain, le roman personnel ne veut pas naître encore.

Les épigones viennent, cependant, en rangs pressés à la recherche des vérités pressenties. Je ne puis mieux faire ici que de citer à propos de l'incubation qu'ils assumèrent ce que M. Baldensperger a bien voulu m'écrire à propos des origines du roman personnel. Il faudrait bien mentionner dit-il :

1° L'habitude de la confession, de l'examen de conscience, du scrupule religieux, de tout ce qui " chrétiennement " inclinait les esprits à l'auto-analyse.

2° Le développement du genre épistolaire et du journal intime, grands générateurs de repliement psychologique sur soi-même.

3° Dans la littérature générale, l'importance du monologue, du roman par lettres, des applications plus nombreuses de la psychologie à la vie.

4° Plus particulièrement au XVIIIe siècle, le raffinement qui résulte de la conscience de la faute, du péché, etc.

Voilà bien, en effet, les éléments chimiques, si l'on peut dire, d'où a pu naître le roman personnel, mais il faut ajouter les ferments. Parmi ces esprits excitants, M. Baldensperger cite Sterne. Il convient de le retenir, mais il y faut ajouter le libertinage de l'époque qui disparaît et que Nodier ne reniait pas, le faisant figurer ironiquement dans son sous-titre (1).

Interrogeons donc Sterne et, par exemple, le typique Crébillon fils, gens d'esprit dont l'oubli où les tient notre temps est loin d'avoir rendu banal le mérite méconnu.

Nodier qui cite parmi ses lectures, Montaigne, Charron, *Paméla, la Nouvelle Héloïse,* ne nomme pas ici Crébillon non plus que les auteurs dont il parcourt les platitudes, mais on sait par ailleurs qu'il le plaçait dans la *Bibliothèque d'un homme de goût,* (comme on disait au XVIIIe siècle), telle qu'il en indique la composition dans un opuscule inédit du même temps (2).

C'est de lui plutôt que de Montaigne, de Rabelais et de Rousseau, qu'il procède en son souci idéologique et son recours au dialogue, malgré une brièveté de

---

(1) « Suite et complément à toutes les platitudes littéraires du XVIIIe siècle ».

(2) *Mes Rêveries, Bulletin du Bibliophile* (août-septembre 1921). Il n'y a pas lieu de retenir *Faublas,* suite de portraits et de récits, d'aventures à velléités sociales plutôt que roman d'analyse, même sur l'objet restreint du libertinage.

souffle qui contraste avec l'ampleur des périodes analytiques de Crébillon fils.

J'ai été frappé en relisant, le *Hasard du Coin du Feu* par la tendance philosophique et cérébrale de ce roman par conversation. Pareillement Nodier remue des idées et laisse l'érotisme se manifester impudemment, à l'exclusion de toute sensibilité. Si Nodier est inexpert, quelle vigueur lourde et parfois pédante chez l'autre, habile à jongler avec les aphorismes et les subjonctifs! Je ne sais si M. Marcel Proust l'a réellement pratiqué, mais il procède certainement autant de lui que de Saint-Simon, dont les amateurs de " clichés " aiment à le rapprocher. On y trouve, en effet, les traits de la lourdeur consciencieuse qui nous séduit chez M. Proust. Ainsi certaine *Marquise* dit en bref à propos des " chutes " : " Si les préjugés nous soutiennent jusqu'à l'occasion, ils nous y laissent, et les principes nous la font braver ".

Et Célie, à toute force de verbosité, au sujet encore des défaillances féminines :

« Je puis sans me tromper, je crois, compter pour une des causes qui me perdirent, l'affectation que l'on eut de ne chercher à m'effrayer que de cet homme-là. En paraissant le regarder comme le seul qui pût être dangereux pour mon cœur, on me força à n'occuper que de lui mon imagination qui, d'elle-même peut-être, se serait fait un autre objet ou ne s'en serait point fait du tout. On ne pouvait me parler de l'excès de son inconstance, et du nombre infini de femmes qu'il avait rendu victimes, sans, en même temps, m'apprendre qu'il avait su leur plaire; et quoiqu'on cherchât à lui donner à mes yeux tous les vices, tous les défauts et tous les ridicules possibles, on ne put m'empêcher de croire que pour toucher si universellement, il fallait qu'il eût de grands charmes. Cette idée que je cachais avec soin, mais qui ne m'en obsédait que plus, me donna de le voir le désir le plus ardent, désir dont, malheureusement, le mari qu'on me choisit n'avait pas de quoi me soustraire ; et qui, s'il n'était pas de l'amour pouvait du moins facilement m'y conduire. »

Ne reconnaît-on point dans Crébillon fils, l'homme au nez si curieusement pointu, un analyste de grande allure, et qui, en son style pédestre se soucie visiblement d'élever les sentiments vers la région hautaine des idées, de poétiser les moindres aspects de la maison de Jupiter ?

Nodier, pour nous dire le cas qu'il faisait de Sterne, en conseille la lecture comme l'une des plus essentielles qui soient. Nous n'avons pas à dire ici longuement la valeur de cet esprit dont la bizarrerie est du meilleur aloi, et qui a su, l'un des premiers, explorer les " infiniment petits ", de l'âme humaine ; qui nous présente enfin, comme Emile Montégut lui en faisait un mérite, le type du génie le plus minime qui soit discernable. Notons simplement ce que Nodier, qui devait bien des années plus tard, s'hypnotiser sur lui dans ses *Châteaux du Roi de Bohême* lui doit dès ce moment.

C'est peut-être moins de *Tristram Shandy* qu'il s'inspire que du bref chef-d'œuvre laissé par Sterne à notre méconnaissance sous le titre de *Mémoires*.

Nodier, il est vrai, emprunte à Tristram quelques plaisanteries, comme cette idée d'écrire un chapitre uniquement par points et par virgules (IX dans Nodier, LXXXV dans Sterne), nouveau mode d'expression où peuvent se plaire des esprits aussi différents que le grave Montesquieu, tel abbé plus ou moins légendaire qui remplaça par des exclamations émouvantes et des silences son oraison oubliée, le regretté Guillaume Apollinaire enfin qui excellait à dégager ce qu'une mystification peut celer d'enseignements féconds. Ce qu'il faut retenir surtout de ce que Nodier recueille dans Tristram, ce sont telles notions déjà circonstanciées, sur l'influence morale des climats et des températures (Sterne par sa vénération pour les lumières mentales des pays de soleil fait figure de " méditerranéen " précoce) des vues sur l'utilité des chapitres et des conseils de lecture (CXXVII), une indignation ironique contre les Aristarques; mais ce qu'il entrevoit d'idées sérieuses, c'est aux *Mémoires* que Nodier l'emprunte.

Ce n'est pas à l'éloge de la mélancolie prononcé par ce faux joyeux d'Outre-Manche que je songe ici (Nodier ne s'initiera que par Werther à cette forme de la culture de la sensibilité) c'est plutôt à sa curiosité pour les *Dadas*, données secrètes et systématiques sur le fond de notre cœur et de notre activité, première esquisse des idées-forces dont Alfred Fouillée nous fit une théorie, hélas trop verbeuse, mais à qui il faudra bien rendre quelque jour un pieux hommage.

C'est à ce souci encore de ne rien laisser échapper des pensées, mêmec incoordonnées qui passent en notre esprit, qui se dégagent à peine d'un halo confus mais non point méprisable, et renferment dans leurs promesses, le secret de notre évolution, de notre renouvellement, de la fraîcheur de notre esprit. Ne considérons pas comme indigne d'attention ce goût qu'ils manifestèrent l'un et l'autre pour les livres oubliés et méconnus ou bizarres même, et qui par la suite occupa de plus en plus Nodier. A ce penchant nous devons une grande part de l'épanouissement de cette curiosité contemporaine à laquelle ont tant travaillé des chercheurs séduisants comme les Goncourt, Monselet, Arsène Houssaye ou, à un rang plus dégagé de l'ordre sensuel, ce Guaita que M. Maurice Barrès nous a présenté au milieu d'une bibliothèque étrange et précieuse et qui « classait les hommes de notre époque, non d'après leur personnalité ou leur situation acquise, mais selon le profit qu'il tirait de leurs œuvres ».

Et remarquons enfin que dans la manière même dont il fait ses emprunts, Nodier révèle son infériorité. S'il s'arrête après Sterne sur les entraves que la médisance apporte à notre développement, sur l'opportunité de s'humilier, même à défaut du sentiment chrétien; sur la nécessité de marquer une profession de foi religieuse; s'il lui prend l'idée de poser le moi comme objet d'analyse en voyant que Sterne a songé à définir son moi après celui de son entourage, il ne sait en revanche s'inspirer de son idéalisme, en former un à son usage, ou y viser par delà un doute provisoire.

Il y a dans Sterne un souci du progrès humain qui, la plaisanterie dépassée, touche les parties les plus hautes de notre raison. Il s'acharne en riant sur le problème de la *Callipédie* que nous disons de l'*Eugénique*, et qui attend encore qu'un chercheur patient lui consacre sa vie. Il parle avec profondeur de l'égoïsme, véritable indice de la médiocrité des individus et songe pour son principal remède au savoir, où il voit, au demeurant, le fondement de la vie religieuse dans les âmes qu'a quittées l'ingénuité première.

Il se préoccupe (avec un mélange rassurant de passion et d'indolence) d'avoir une existence créatrice et nous en donne cette formule, réplique du célèbre mot voltairien : « Bâtir une maison, planter un arbre, écrire un livre et faire un enfant. » Discernant enfin ce que la volupté des yeux apporte d'aide à l'équilibre et à l'enrichissement de la raison il codifie avec force l'*Art de voyager*.

Sterne a donc trouvé en abondance les moyens d'oublier son moi et de le dépasser dans le moment même où il en parle le plus. Nos soucis les plus sensibles, nos idées les plus claires ne sont-ils pas d'ordinaire ceux que nous allons vaincre et abandonner ? C'est au moment de vendre notre terrain que nous le faisons arpenter, songeant déjà à défricher quelque autre concession. Sterne quitte son moi pour son génie. Le jeune Nodier s'enfonce péniblement, en paraissant faire œuvre de fantaisie, dans sa fragile individualité.

A l'heure où, avec une formule plus nette que celle de la plupart de ses prédécesseurs, il se livre à l'analyse du moi, il le fait avec un recul considérable sur tous ses maîtres. Il n'est pas ici comme maint débutant, un habile pasticheur des pères de son esprit, il nous fait songer plutôt, dans son impuissante bonne foi, au Satan de la *Légende des Siècles* qui use de tous les dons de Dieu pour créer la sauterelle. Il prend à Montaigne, à Rabelais, à Rousseau, à Crébillon, à Sterne pour aboutir à une grossière gasconnade. Le genre qu'il aborde, on dirait qu'il veuille le ramener à son point zéro avant que l'essor lui soit donné. Bien que l'enthousiasme à l'égard de quelques-uns de ses dangereux modèles ne l'ait pas encore abandonné, il sait mettre *Paméla* et la *Nouvelle Héloïse* sur un plan inférieur à celui des œuvres de la raison où les siècles modernes ont réussi jusque là. Avec les qualités d'un éminent lettré et les dons divinatoires d'un précurseur, il élimine les modes surannées et se défie du pathétique dont l'heure n'a pas sonné. Seulement, ayant puisé abondamment aux deux sources éternelles de l'inspiration : la tradition et l'exotisme, il ne sait quitter l'individu pour la loi. Il finit ici en gémissant sur son dénuement. Il terminera sa vie de curiosité, de fantaisie, de bonté et de labeur, blotti contre ses deux seules réussites, borné à l'adoration de son chef-d'œuvre : sa fille, et de ses livres rares, à la négation du progrès auquel il s'était avisé trop tard et trop brièvement de rendre un culte sous les forme de la linguistique. (1)

---

(1) Archéologue du système universel et raisonné des langues (1810).

II. — Les étapes du roman personnel

Pendant que cette victime du champ de bataille littéraire se débat dans des tentatives sans méthode, le genre dont Nodier a senti l'apparition et marqué la naissance va poursuivre, aidé parfois de sa bienveillance (1), une belle destinée.

Je ne sais quel doute m'empêche de retenir *René.* Ne croyons pas trop vite que le secret de Chateaubriand soit résolu, qu'il nous ait livré sans détour sa confession sincère. La question a été posée et débattue. Notons surtout que certains, parmi les plus avisés de ses contemporains et de ses émules dans l'analyse et l'aveu s'en sont défiés : tels Nodier, Sénancour et Quinet. Malgré l'effusion sentimentale qui semble s'y donner cours, je crains que l'âme de Chateaubriand ne se manifeste que très partiellement dans les gémissements du plaintif *René.*

Instruit par l'imprudence de son *Essai sur les Révolutions,* apporte-t-il maintenant quelques réserves secrètes, ou domine-t-il déjà les airs de romance par lesquels il flatte la manie de ses contemporains ? Je ne sais, mais il me répugne de voir dans ce monocorde roman l'expression de ses aveux complets. " Notre cœur est un instrument incomplet, une lyre où il manque des cordes " écrit-il dans *René.* Mais lorsqu'il

(1) Nodier, Sand et Sainte-Beuve ont soutenu vigoureusement Sénancour. Nodier a fréquenté et admiré Benjamin Constant à Dôle (1808).

scrute et modèle la campagne romaine à l'heure qu'il semble s'abandonner à ce qui l'entoure, lorsque dans les *Mémoires* il mêle l'ambition, le désir, le regret, la volupté de la douleur et le refus secret au renoncement, n'est-on pas en droit de reléguer *René* parmi les créations inachevées qu'il ne lui a pas plu d'animer de tout son souffle ?

En vérité quelle que soit l'influence de son immense personnalité, on peut se contenter de retenir parmi les pionniers du roman d'analyse aux temps où se prépara, régna, puis se dissolut le romantisme, Sénancour, Benjamin Constant, Sainte-Beuve et Fromentin. Encore trois de ces voyageurs au même pays n'ont pas su dégager nettement une lumineuse idée ou une souveraine beauté plastique qui les sauverait de l'oubli où les deux plus anciens sont déjà retombés et où *Dominique* mérite de les rejoindre. Seul le plus bref, pensé froidement mais lucide, pauvre d'idées, avare d'images demeure avec les prérogatives d'un chef-d'œuvre.

Sénancour laisse lutter en lui un instinct insociable et une ambition insatisfaite que des aïeux contradictoires semblent lui avoir livrés pour son perpétuel tourment. Aidé d'une acuité sensorielle unique, il découvre dans tous les spectacles du monde, même inhabité, de nouvelles richesses d'impression, de nouvelles causes de troubles, de nouvelles sources de sentiments douloureux. Il y ajoute un cerveau de philosophe et ne fait que porter à son achèvement son désarroi. Comment cet individu supérieur saurait-il acquérir les règles d'une activité libératrice, ou même, malgré des soubresauts émouvants du sens descriptif un style qui lui assure la survie, alors qu'il n'a point trouvé sa loi ? Poursuivi par les Euménides que lui sont deux aptitudes contradictoires, il ne saura assassiner l'une d'elles et sera toute sa vie balancé dans ce combat qu'il subit avec une passivité qu'il méconnait, méritant ce mot de Nodier qu'il convient de citer ici de préférence à tout autre.

« Son âme indifféremment avide de trouver des voluptés, ne se lasse jamais de ces alternatives extrêmes, tout l'émeut et elle exerce sur tout ce qui l'émeut l'inépuisable faculté de jouir et de souffrir. »

Volupté est au-dessous d'*Obermann* comme l'arrivisme est au-dessous de l'ambition. Celui qui est destiné à devenir le prince des critiques français, s'y montre balloté mollement, avec une hypocrisie assez subalterne, entre le désir de séduire et des velléités de conspiration. Une intelligence de haut rang ne suffit pas à effacer les effets d'une naissance étrange. Il y a loin de la volupté qui révèle l'accord de notre activité avec les forces naturelles à celle qu'on a isolée et divinisée... De ce roman diffus, d'où s'élèvent seulement quelques traits d'une lucidité prévoyante, ce qui demeure de meilleur est assurément ce titre, formule merveilleusement brève des raisons d'un échec et qui demeure excellemment imprimée sur le marocain d'une reliure comme le fer sur une épaule de condamné.

Dominique ne nous présente pas un cas aussi bien tranché. On n'ose avouer que Fromentin ne s'est point évadé de son moi. Il a visité les parties les moins violentes de l'Afrique et il en a rapporté des toiles qui ne choquent point un regard timide. Il a exploré la

Hollande et tenu des propos assez discutés sur les géants de la peinture. Il a, convenons-en, fait mieux que tout cela : il a noté dans l'ouest français des paysages d'une voluptueuse beauté. Mais comment accorder une haute estime à un analyste qui ne s'est pas avisé d'affronter son âme avec rudesse pour lui arracher le secret de l'homme ou faire brutalement violence à ses faiblesses ! Accordons lui le droit de ravir un certain genre de délicats qui n'osent plus se délecter à la lecture d'Octave Feuillet.

Il faut faire d'*Adolphe* un autre cas : ces cent cinquante pages sont la plus utile analyse du moi que l'âge pré-romantique nous ait laissée, l'un des plus beaux dons que nous ait faits une brève période de convalescence cérébrale placée, au début de l'Empire entre le siècle de la raison et celui du cœur. Qui donc mieux que lui avant l'auteur des *Déracinés* a analysé l'heure décisive où un jeune homme arrivé au quart de siècle, part pour les réalisations ou aperçoit l'échec ?

Ces phrases brèves mais lourdes d'expérience, cette cadence simple et sûre d'un maître du langage français, ce ton de volupté étouffée, cette allure de réquisitoire dissimulé nous transmettent dans leur dualité vaincue, plus que le legs littéraire d'une vie manquée d'homme d'action. Certes Racine a prononcé de l'amour une condamnation autrement circonstanciée et véhémente, mais s'est-il trouvé chez nous quelqu'un pour formuler avec une subtilité plus lucide la primauté finale de la raison que celui qui nous a montré Adolphe « toujours la victime de ce mélange d'égoïsme et de sensibilité qui se combinait en lui pour son malheur et celui des autres, prévoyant le mal avant de le faire, et reculant avec désespoir après l'avoir fait, puni de ses qualités plus encore que de ses défauts, parce que ses qualités prenaient leur source dans ses émotions, et non dans ses principes, tour à tour le plus dévoué et le plus dur des hommes, mais ayant toujours fini par la dureté après avoir commencé par le dévouement et n'ayant ainsi laissé de traces que de ses torts. »

Benjamin Constant ne demeure pas simplement avec la figure d'un précurseur : c'est un ancêtre qui figure dans la galerie des plus fiers portraits. Avec quelle tendre reconnaissance M. Maurice Barrès n'en a-t-il pas contemplé les traits lorsqu'en son *Homme libre* il lui parle pour en faire revivre la pensée, à la manière des âmes simples qui dialoguent avec leurs plus chers morts?

La méthode sûre dont J.-K. Huysmans s'était muni, mérite de faire survivre, entre celui-là et l'œuvre qui termine le cycle, sa composition de la vie *à rebours*. Cette riche monographie des instincts dévoyés et des déformations acquises d'un intellectuel restera comme un document bien complet sur les curiosités d'un individu incapable de se désenvouter pour se vouer, jusqu'au jour où intervient en lui une religion traditionnelle. Générateur d'action, par sucroît, il n'aura pas seulement avec ses compléments ultérieurs, provoqué des conversions religieuses. Il a éveillé des vocations d'historiens attachés aux temps violents ou décadents et suscité des tentatives architecturales (fort peu connues d'ailleurs) d'une esthétique capable de léguer à l'avenir un respectable rococo.

III. — L'épanouissement et la fin. — La méthode barressienne.

Les romans idéologiques que M. Maurice Barrès, intervenant enfin, livre à notre inquiète recherche comme le développement d'une *Culture du Moi* sont plus qu'une analyse. Ce sont maintenant, en quelque sorte, les éléments provisoirement séparés d'une même essence divine, et où demeurent les traces bien édifiantes de leur genèse (1) : le *Moi* de son *Homme libre* et le non-moi dont il retient deux fragments entre tant d'autres : un paysage dont il pénètre l'âme aussi bien que les horizons, cette *Bérénice* enfin qu'il aurait des velléités de plaindre s'il ne la comprenait trop bien pour ne pas se résigner à sa perte et pour passer enfin à des luttes plus urgentes que le soin de la sauver...

L'individualité qu'il précise en lui-même, la figure

---

(1) *La Vie de Maurice Barrès*, de M. Albert Thibaudet constitue non seulement une analyse pénétrante de sa pensée mais un bel hommage de disciple. Un ouvrage un peu didactique, mais pénétrant, vient d'être publié à Munich par M. E.-R. Curtius, toutefois les tout premiers essais de M. Barrès n'ont pas encore été définitivement examinés.

glaciale et fiévreuse qui appartient au destin plus qu'à elle-même, la terre ensoleillée dont il écoute les harmonies secrètes, ce sont des types ou des compositions dont il souligne les caractères avec le double souci de la force et de la délicatesse.. Synthèses, dirait le langage philosophique, mais synthèses gonflées de vie auxquelles il reprocha depuis d'être tachées de trop de sensibilité.

Ce remords ne peut être condamné si l'on convient que la séduction extrême des rites de ce culte tient au cantique de l'intelligence qui ne cesse d'y retentir. Certes, si l'on ne se défiait d'un examen où demeureraient trop d'égards pour les émotions, on serait tenté d'y suivre avec délectation ce progrès d'une observation sèche et moqueuse à la musique sereine et rare d'un équilibre conquis, puis au règne triomphant des Idées. Mais ce serait trahir cette recherche, tantôt suave, tantôt volontairement amère, de la méthode et des précisions, que d'y démêler prématurément l'aspiration vers le divin. Cet effort demeure terrestre avec une telle désolation lucide, un désespoir si obstiné que l'on relève à peine, dans les premières esquisses, quelques imprudences d'un enthousiasme vite réprimé. L'illusion n'y est pas combattue aussi âprement que dans le *Voyage de Sparte,* mais elle y intervient à peine, tant il est vrai qu'en un esprit bien né la vie ne s'attarde guère à combattre *Maïa*, mais enseigne à mieux classer les instincts dont la lutte maintient tels en sujétion ou chasse les autres vers le renoncement et les royaume de la pensée.

Il ne convient point de s'attarder sur les mélodies

dont fut entouré le drame masqué que composait cette mêlée de la pensée qui se crée contre la vie qui fut donnée. C'est à chacun de nous de trouver non pas seulement sa loi, mais les musiques qui adouciront son réveil : galoubets, orgues des vieilles rues, fifres, cuivres rutilants, barques chantantes de l'Adriatique, nous serons bien à même les uns et les autres de retrouver celle qui berce le mieux les survivances de notre romanesque. C'est aux Idées qu'il faut aller avec nos forces neuves et notre lucidité intense.

Les obstacles qui barrent sa route, l'*Homme Libre* a su en tirer profit, à la manière un peu du conquérant antique qui lève au passage des recrues en terre ennemie. Avec le calme et la patience du physicien et du chimiste il utilise son abattement pour noter son point mort, prolonge l'exaltation pour en découvrir les formes les plus sûres. Et puis il compose à son gré le milieu. Du minimum de soutien que donnaient des murs nus, un climat volontiers maussade et l'apparition de l'hiver, l'âme fut portée par le jeu des jets alternés qu'il pratiquait déjà vers un ciel égal, la somptuosité de rives banales mais du moins méditerranéennes, et le fouillis harmonieux et fécond de Venise.

L'histoire aussi donna. Ceux qui s'étaient confessés, non point précisément avec contrition mais, ce qui est plus utile pour les spectateurs, avec une intervention soutenue de l'intelligence, furent consultés. C'est à ce titre que Benjamin Constant et Sainte-Beuve comparaissaient. Taine et Renan, plus discrètement désignés (comme on croit généralement qu'il convienne, sans que ce soit prouvé, pour des précurseurs immédiats)(1) apportèrent l'appoint décisif de ce que fournissait l'étude des individus, des groupes et des institutions. Ayant appris de Michelet et d'Hegel ce qu'est l'histoire, cette discipline qui a beaucoup d'appelés, mais peu d'élus, ils avaient continué des reconstructions avec moins de romanesque et des cadres plus pédagogiquement construits. Leur leçon entra sans doute pour une haute part daus les raisons conscientes qui permirent au barressisme de cristalliser au point de perfection du génie.

Après cet apport de savoir et de souple vigueur, il ne s'agissait plus seulement d'une statistique des émotions, bien que M. Barrès aimât le dire rétrospectivement. Dans le creuset de la synthèse la vie avait été découverte. On ne voyait plus dans ces ouvrages brefs, mordants, qui, n'eût été leur sincérité, auraient visé à quelque obscurité, une liste d'instincts prêts à devenir passions, les diverses réactions d'une nervosité exultante ou accablée, des défaillances scrutées sans pitié. C'était, pratiqué tantôt avec les ruses de la souplesse, tantôt avec la brutalité de la force, le combat d'une intelligence renseignée sur tout et inlassable, contre une sensibilité préalablement exacerbée, avec, en définitive, le seul souci d'accroître la perfection personnelle.

---

(1) Les "siècles" littéraires eux-mêmes ont eu cette habitude. L'auteur de la *Légende des Siècles* reniant *Athalie*; quel non sens!

Il n'y a pas lieu de s'étonner dès lors que l'*Homme Libre* nous présentât tous les éléments de la curiosité que M. Barrès devait promener plus tard de la terre natale aux pointes de l'Europe : Venise et les Vosges, les Barbares plus agressifs que les fâcheux des siècles courtois, la mystique du héros et celle du saint, tout y était en germe. Le surcroît de recherche que fut l'*Ennemi des lois*, les applications un peu faciles de *Du Sang, de la Volupté*, les haines calculées de *Leurs Figures*, et de *Scènes et Doctrines*, les évocations noblement humiliées des *Eglises de France* et de la *Colline Inspirée* étaient là non point seulement comme les germes des fruits attendus, mais puisqu'il s'agit du règne de l'Intelligence (héritière moins hautaine, mais souveraine encore et souriante de la Raison) comme des idées lumineuses et conscientes qui n'attendaient plus que leur paraphrase.

IV. — Conséquences

M. Maurice Barrès ayant mis fin au roman personnel en établissant la synthèse du genre, toute entreprise pour récrire un *Adolphe* mis à jour, comme le propose en termes exprès un de nos contemporains, serait une tentative que l'on peut prédire surannée, un péché contre l'adaptation au temps (1). La nature ne restitue

(1) Quelques critiques de sens ferme protestent contre le retour offensif des "*Vies inquiètes*" et des "*Inquiètes adolescences*" pour sympathiques qu'elles soient.

point la vie aux êtres qu'elle a une fois abandonnés : elle fait vivre sur leur dépouille les fleurs candides et les blés nouveaux. Refaire des romans d'analyse ? Que non, le Campistron pullule ! Renions ce que nous avons le plus aimé.

Seul un *Marcel Proust* peut, grâce à l'acuité de son regard et à la nervosité dont il est fier, se permettre de glaner après la moisson une gerbe honorable. Il ne se fait point faute au demeurant d'y mêler la fleur des champs, tout en rêvant de la brise des côtes et de la fièvre des villes. Il est divertissant de lui voir émettre parfois, avec un sérieux touchant, des oukases en matière de critique littéraire. Il sera plus fructueux sans doute de recueillir les enseignements, à portée sociale, de ce fouissement ardent et convulsif du moi et de ses rencontres.

Il n'est guère plus permis au commun des cérébraux de se glisser à la file derrière Péguy, et MM. Jammes et Claudel. Avant la cristallisation dont devaient surtout s'éprendre des disciples malavisés, ils nous firent entrevoir soit un exemple de sincérité douloureuse et combattive, soit le spectacle d'un bel épanouissement végétal, soit des lueurs fulgurantes sur des civilisations éloignées : contributions de détail évidemment nécessaires, mais qui donneraient un bien mince bagage à qui les copierait, quelle que fût son adresse.

Pourquoi craindrions-nous d'écouter des voix lointaines ? Après le point de perfection dans l'étroitesse de la curiosité réalisé par les contemporains de Pascal et de Racine, le siècle de la raison et le siècle du pathétique ont discerné plus de nébuleuses qu'ils n'en pouvaient explorer. Notre âge peut assumer la tâche de trouver les formes précises dans lesquelles ces intuitions gagneront en autorité. Et puis le renversement des constellations nous présente sous une lumière plus favorable des cantons et des continents méconnus.

Le Prométhée corse et le sang de Julien Sorel troublent moins les veilles de nos jeunes gens, qu'ils ne le firent pour les déracinés groupés autour du tombeau des Invalides.

Combien parmi eux ne dédaignent point la beauté simple et vraie ! Les parfums de la Méditerranée, les voix des amitiés régionales, l'ingénuité du Nouveau-Monde, la sagesse de l'Extrême-Orient, la statistique enfin des formes antagonistes du mysticisme français leur paraissent des éléments dont la synthèse requiert nombre d'harmonieuses assistances et promet de belles Idées, à moins qu'un fleuve furieux ne surgisse encore pour réunir au-dessus de notre mort, ces vérités qui se cherchent...

Un analyste encore inexpert qui a eu la bonne foi de noter les vices naturels à l'adolescence, et que nous verrons préparer avec les teintes du *Pauvre Pêcheur*, la légende du bon Nodier, nous peut donner ici par un insuccès qui prélude à un échec, malgré un talent des plus riches et des plus souples, une nouvelle leçon de simplicité.

MOI-MÊME

MOI-MÊME

Roman qui n'en est pas un tiré de mon portefeuille gris-de-lin. Pour servir de suite et de complément à toutes les platitudes littéraires du dix-huitième siècle.

Nec levitas culpanda mea est...

Ovid. de arte amandi.

1800

ÉPITRE DÉDICATOIRE

A qui ?

Si je dédie à un homme en place que la première révolution peut conduire à Synamari (1), on m'accusera d'avoir conspiré.

Si je dédie à un auteur, il me dédiera le premier de ses ouvrages et je serai obligé de le lire.

---

(1) Pénitencier politique utilisé à la suite du 18 fructidor.

Si je dédie à un journaliste, il dira du bien de moi et je serai déshonoré.

Non je ne ferai point d'épitre dédicatoire. Je n'écris à personne et pour personne. J'écris parce que j'ai la manie d'écrire et j'ai tort. Mais je ne ferai point souffrir le public de ma manie et j'ai raison.

J'intitulerai mon ouvrage quand il sera fini.

PREMIER CHAPITRE

Moi

Pourquoi premier chapitre ? il serait aussi bien partout ailleurs.

Pourquoi *Moi* en particulier ? n'est-ce pas de moi qu'il s'agira partout ?

Je verrai.

A propos de moi (1) j'avais dix-neuf ans passés quand j'ai écrit ceci. J'étais amoureux, sage, pédant, débauché, studieux, indolent, bizarre, inconstant, original, quand j'ai écrit ceci. J'avais un accès de folie quand j'ai écrit ceci et c'est pour cela que j'ai écrit.

Une jeune fille se lève dans la foule et demande si je suis beau ou laid. Ni l'un ni l'autre.

Un philosophe, si je suis athée ou catholique ? Ni l'un ni l'autre.

Un politique, si je suis jacobin ou chouan ? Ni l'un ni l'autre.

Je suis bon par caractère, libertin par étourderie, paresseux par goût, amoureux par caprice, joueur par désœuvrement, malheureux par imagination, modeste par

---

(1) Oui, en effet, c'est de *moi* qu'il s'agira partout, car je n'écris que pour *moi*, mais il ne fallait donc pas intituler de la sorte ce premier chapitre en particulier ? et si je ne fais qu'un chapitre ?

Je verrai. (Note de N.)

amour-propre, et je barbouille du papier quand je n'ai rien de mieux à faire.

Tout ignorant que je suis, Monsieur, j'ai reçu ce qu'on appelle de l'éducation. On m'a donné un maître de musique et j'ai fini par savoir la gamme assez couramment, on m'a fait apprendre des langues et j'ai oublié le français en apprenant le latin. On m'a enseigné les mathématiques et je suis très sûr que deux et deux font quatre par une raison toute simple dont je ne me souviens plus. J'ai abandonné l'histoire naturelle pour la chimie, la chimie pour le dessin, le dessin pour la littérature, la littérature, le dessin, la chimie et l'histoire naturelle pour une précieuse, la précieuse pour une prude, la prude pour une comédienne, la comédienne pour le trente et quarante, le trente et quarante pour une femme mariée et j'achève mon éducation.

Il y a plus, Monsieur, j'ai fréquenté le beau monde et je m'y suis ennuyé. J'ai vu représenter tous les drames de Mercier, toutes les tragédies de Chénier, tous les opéras comico-larmoyants de Marsollier, les madrigaux de Demoustiers, les romans de Duménil et je m'y suis ennuyé comme à une séance de l'Institut. J'ai vu, ce qui s'appelle vu, le beau sexe du bon genre, j'ai filé le parfait amour, j'ai distillé l'élixir de la galanterie, j'ai entendu nos merveilleux faire de l'esprit à la journée, j'applaudissais en baillant, et j'ai failli mourir d'ennui, parole d'honneur.

Je me suis lancé dans un autre monde. Je suis devenu le pilier des tavernes et je me suis délectablement énivré. J'ai passé mes journées à table avec des libertins et mes nuits au lit avec des filles de joie. Mon éducation se perfectionnait tous les jours.

Avez-vous lu Montaigne, Charron, Rabelais et Sterne ? Si vous ne les avez pas lu, lisez-les. Si vous les avez lus, il faut les relire.

Ce n'est pas à vous que je parle, Mademoiselle, lisez la *Nouvelle Héloïse,* trouvez un Saint-Preux, si vous pouvez; couchez avec lui si vous voulez et prenez garde qu'il vous fasse un enfant, si vous êtes sage. Mais ne lisez point *Paméla,* car Paméla est une sotte.

Mon quart d'heure de libertinage est arrivé et j'en suis faché pour les dames, ce sera pis demain peut-être... au reste, vous me verrez quelque-fois en revanche, moral comme les quatrains de Pibrac et ennuyeux comme les livres de Nougaret, cela dépend des circonstances.

Si je ne faisais qu'un chapitre ? J'en ferai deux, j'en ferai trois, j'en ferai plusieurs et cela dépend encore des circonstances.

Je ferai demain mon deuxième chapitre s'il pleut.

CHAPITRE II

Mes amours

Il pleut donc ?

Non; il ne pleut pas.

Mais, hier...

Hier ? aujourd'hui même, je voulais n'écrire que demain et j'écris ce soir, parce que je le veux, parce que cela me plait, parce que cela me regarde et que personne n'y peut trouver à redire.

Le douze juillet de l'an 1795.

Il y a maintenant quatre ans un jour et une heure le douze juillet de l'an 1795, je vis pour la première fois Sophie, je m'aperçus pour la première fois, le 12 juillet de l'an 1795 qu'il y avait de jolies femmes au monde, et pour la première fois, je fus amoureux de 12..... pendant les six premiers mois je fis les doux yeux à Sophie, pendant les six mois d'après Sophie me fit presque les doux yeux. L'année suivante elle me bouda, parce que trop longtemps je ne lui faisais que les doux yeux, l'année suivante un fat parut, me débusqua, lui fit les doux yeux pendant un mois...

Et depuis ?

Depuis ? que vous importe ce qu'il lui fit. Cela ne vous concerne pas, cela ne concerne personne.

Je voulu me consoler et je ne manquai pas de me passionner dès le premier jour. Mademoiselle Marie est une des plus jolies brunes que je connaisse, elle ne le cède à personne en grâce en fraîcheur. Mais...

Mais, c'est à dormir debout, à quel propos aussi parler pendant une heure de je ne sais quelles fades amourettes reléguées au rang des péchés oubliés ?

Cependant je finirai parce que cela m'amuse, mais je finirai une autre fois.

Je crois qu'il pleuvra, le baromètre descend, tant pis.

S'il ne pleuvait pas, j'irai demain à la promenade, j'y verrais Elisabeth, j'y parlerais à Elisabeth, je serais heureux !

Eh ! mon Dieu ! voilà le bonheur d'une heure attaché à la direction d'un nuage ! ne faites pas pleuvoir demain !... cela vous coûte si peu.

P. S. — Il n'a pas plu. Il pleuvra peut-être demain. Je n'en sais rien. Ce qu'il y a de certain c'est que je porterai mon habit brun et mon chapeau rond tant qu'il pleuvra.

CHAPITRE III

La femme du proconsul

Elle était grande, pas trop grande, brune, pas trop brune, une physionomie vraiment romaine; des grands yeux bleus, bien fendus, bien tendres, bien animés, une bouche de roses et des dents !...

Elle s'appelait Julie.

J'avais 16 ans, les cheveux bouclés, le teint fleuri, le menton cotonné, les femmes commençaient à dire de moi : voilà un joli enfant... et je commençais à dire d'elles : voilà de jolies femmes (1). J'y pensais le jour, j'en rêvais la nuit... et à force de rêver, je m'aperçus en rêvant... je ne sais comment, de je ne sais quoi... je m'endormis tout éveillé. La femme du proconsul me donna dans l'œil et je marchai à mon but.

Comment ?

Qu'importe, je la vis, je lui parlai. Elle aimait la comédie, nous déclamions ensemble. Un jour seul avec elle, loin des fâcheux et du proconsul, je jouais un rôle d'amoureux et je le jouais supérieurement. Bouillant, hors de moi, je pris un baiser... cela n'était pas dans la pièce... il y avait là un lit, il n'y avait pas de lit dans la pièce; mais elle tomba... je tombai... le rideau tomba...

---

(1) Quand elles étaient jolies. (N.)

En tombant, je perdis mon p.... et je cocufiais vingt-cinq millions de français dans la personne de leur représentant.

Le lendemain, j'y retournai et puís le surlendemain, et puis le jour d'après, et puis le reste de la semaine, et puis le reste du mois, et puis, je devenais maigre à vue d'œil, et puis elle devenait grosse à proportion, et puis au bout de neuf mois le proconsul se crut père, et il n'était que cocu.

C'est alors que grâce à la femme du proconsul que j'avais fait cocu, je devins secrétaire d'un général qui ne savait pas écrire, un beau matin, je me réveillai aide de camp et sans l'événement heureux qui ravit aux proconsuls de 93 leurs pouvoirs illimités, je serais peut-être devenu général moi-même, car il n'y a pas de moyen plus sûr pour parvenir dans ce monde que de coucher avec la femme d'un homme puissant.

CHAPITRE IV

Je deviens scrupuleux

Mais elle aimait trop Dieu pour aimer les hommes, Mademoiselle Marie née avec un cœur sensible et cherchant des aliments au feu inconnu dont elle était dévorée. Elle se passionna un beau jour pour Jésus-Christ, la Vierge et le sacrement de l'Eucharistie, un baiser pris sur sa main lui paraissait un péché mortel, et elle ne répondait à mes déclarations d'amour que par des oremus..... pauvre petite !

Or c'était précisément un dimanche, à six heures du matin que j'arrivai au bois accablé de fatigues et de sommeil, je me couche sous un chêne et m'endors. Je laisse là Mademoiselle Marie, à ce qui vous paraît Messieurs, et vous ne vous trompez guère, oui, je la laisse là en conscience !...

Après avoir dormi on s'éveille, et je m'éveillai... il y avait plusieurs chênes dans ce bois, et à quinze pas de moi, sous un autre chêne, je vis...

Qui ? Quoi ?...

Avez-vous jamais éprouvé une surprise bien agréable ?... Sans doute et moi aussi.

Je vis Elisabeth... Elisabeth que vous ne connaissez pas... que je connais à peine, que je voudrais connaître cependant !... Elisabeth si belle que tous les hommes en sont épris, que toutes les femmes en sont jalouses, si fraîche qu'à 24 ans on ne lui en donnerait que 15... si aimable qu'à 50 ans on l'aimera comme à 24. Elisabeth que j'avais vue, que j'avais aimée autrefois. Je la vis et je sentis que je l'aimais encore... Je le sentis et mes yeux osèrent le dire.

Arrêt fatal... instant terrible ! Elisabeth est mariée.

— Quoi donc de si terrible là-dedans, s'écrie une petite personne à la voix flûtée ?

Elisabeth, madame, elle est mariée.

— Ensuite ?

Ensuite, madame, les lois de l'honneur, les principes de la religion, les règles de la morale...

— Fi donc ! que c'est bête !... et puis.

Et puis, madame, vous allez me rappeler Julie, mais il n'y a pas de mal à faire cocu un proconsul...

D'ailleurs... je l'avoue... je deviens scrupuleux... et j'ai, probablement, grand tort.

CHAPITRE V

Qu'en pensez-vous ?

Il n'a pas plu, j'ai vu Elisabeth, j'ai parlé à Elisabeth. Mais il y avait là un vieux parent aussi ennuyeux qu'un mari, et les regards de ce vieux parent étaient à l'aguet des miens pour l'honneur du sacrement... et j'ai tremblé que mes yeux ne disent à Elisabeth : Elisabeth je vous aime.

Je craignais la pluie et j'avais oublié les importuns : une autre fois je songerai à tout quand je prierai Dieu.

— Vous croyez donc en Dieu ?

Je vous l'ai déjà dit.

— Bon, immortel, tout puissant ?

Serait-il Dieu sans cela ?

— Créateur de toutes choses ?

Et qui aurait créé si ce n'était Dieu ?

— Le hasard.

Que m'importe que vous appeliez Dieu le hasard ou autrement.

— Mais la vierge ?

Je ne crois pas au vierges.

Passe pour cela, dit tout haut un démagogue qui sort de la foule, ni athée, ni pieux, je le crois. J'ai bien vu La Harpe adorer Voltaire et commenter David. J'ai bien vu La Reveillière-Lepaux fermer des églises et organiser une religion, j'ai bien vu l'évêque Grégoire faire contre les catholiques des décrets qu'il ne signait pas et signer des lettres pastorales qu'il ne faisait pas, mais ni jacobin, ni chouan, c'est un peu fort.

Ni l'un ni l'autre.

— Mais, vous voulez la République ?

Oui parce qu'elle est établie.

— Vous aimez la Révolution ?

Oui parce qu'elle est faite.

— Vous croyez que le 14 juillet...

Est un effort du peuple pour être libre.

— Le 10 août ?

Le deuxième pas d'une nation qui a connu ses forces ?...

— Le 31 mai ?

Un attentat odieux contre la vertu et la liberté.

— Le 9 thermidor ?

Une lettre de la crainte contre la tyrannie.

— Le 18 fructidor ?

Je suis fâché qu'il n'y ait plus de courage à en dire son avis. D'ailleurs, vous m'avez déjà entraîné dans des digressions si froides, si plates, si ridicules, que j'en rougis presque. Mais j'avais prévenu mon monde... J'ai le caractère le plus intermittent, l'imagination la plus irrégulière...

Et puis, j'ai l'esprit faux, je disserte lourdement, j'écris mal...

Je pourrais bien être un jour membre de quelqu'académie.

CHAPITRE VI

Avis au lecteur

Je me rappelle fort bien, Madame, que vous avez trouvé mes scrupules un peu bêtes et j'en conviens avec vous. En effet, si le libertinage de tous les jeunes gens du siècle allait échouer contre un adultère, quel désordre dans la société, quel coup grave pour le beau sexe; quel bouleversement dans les idées reçues... que deviendraient cette petite brune aux yeux doux qui s'ennuie de son mari, cette grande femme au teint de lys dont l'époux est si caduc, cette belle personne qui n'obtient de la postérité que par le secours de son voisin ?

Soyez donc bien certain, Monsieur, que personne ne peut se flatter d'avoir sa femme tout seul... que la plus chaste de toutes les épouses ne l'emporte sur les autres que par la prudence, et que quand on se décide à se marier, il faut se décider à être cocu.

Avis au lecteur.

J'ai revu aujourd'hui Mademoiselle Marie. Comme j'allais l'oublier... et quoique j'aime Elisabeth, j'ai trouvé Mademoiselle Marie charmante. Il m'a semblé au coloris de ses joues, au trouble de ses yeux, à l'embarras de sa démarche, que son amour pour Dieu commençait à se répandre sur le prochain, et que si elle a rêvé d'amour la nuit passée, ce n'était plus d'amour de Dieu.

Il y avait dans sa figure quelque chose qui me disait :

aimez-moi parce que je suis belle; mais j'ai vu Elisabeth et la physionomie d'Elisabeth m'a dit : je vous aime parce que je suis sensible et j'ai brûlé de tomber à genoux...

Minuit, déjà minuit! heure chérie des amants, je te salue... je te salue, heure du plaisir! au son de la cloche de minuit Elisabeth s'est réveillée. Le cœur d'Elisabeth a battu de souvenir et d'espérance au son de la cloche de minuit. Elisabeth mes pensées errent autour de toi! que ne puis-je libre comme mes pensées pénétrer maintenant dans les lieux que tu embellis, ivre d'amour enhardi par l'occasion, je volerais à tes pieds, dans tes bras, et...

— Jamais ma fille ne lira cela, Monsieur.

Pourquoi donc, madame ?

— Pourquoi ? vous écrivez avec une licence inconcevable et cette pauvre petite qui n'a jamais lu que des livres pieux, cela lui donnerait des idées...

En effet, Madame... Croiser et Letourneur gisent sur sa toilette... mais à l'instant où je vous parle, elle rallume ses flambeaux, soulève son oreiller et tire...

— Quoi donc, Monsieur ?

Les *Bijoux Indiscrets*, madame...

— Est-il possible... on aurait juré...

Il ne faut jurer de rien... avis au lecteur.

CHAPITRE VII

Crème aux pistaches

Quand la crème aux pistaches fut servie...

Où ? chez qui ? quand, à quelle heure ?

A dîner, chez quelqu'un le jour de la Pentecôte, à l'heure où l'on dîne.

Quand la crème aux pistache fut achevée, il toussa, cracha, se moucha et dit.

Qui ?

Un gros homme en habit marron, en veste mirabelle, en culotte noisette, qui était assis à côté de moi, qui buvait comme deux, qui mangeait comme quatre et qui parlait comme une femme. Il dit.

Messieurs et Mesdames...

Il y avait donc des dames ?

Pourquoi pas ?

Messieurs et Mesdames, quand Dieu créa ce bel univers...

Le gros homme marron prenait les choses d'un peu haut.

Cela est vrai, mais ne m'interrompez plus, car je laisserais là mon récit pour achever ma crème aux pistaches.

Quand Dieu créa ce bel univers, il y mit des singes, des perroquets, des chiens, des papillons, des chevaux, des ânes, des hommes noirs, des hommes blancs, des hommes roux, des hommes jaunes, et ce fut fort bien fait à lui. Il y mit encore des mouches, des requins, des maringouins, des prêtres, des punaises et je ne sais pas trop pourquoi, mais ce qu'il a fait de mieux, sans contredit, c'est la...

La crème aux pistaches, peut-être...

Et non ! lecteur maudit ! ce qu'il a fait de mieux selon le gros homme marron avec qui j'ai dîné le jour de la Pentecôte, c'est la femme et vous ne l'auriez jamais deviné; le gros homme marron continue.

C'est la femme, car Messieurs et Mesdames, sans la femme, il n'y aurait ni tailleuses, ni couturières, ni cordonniers pour femme, et par conséquent, plus de commerce. Sans la femme, il n'y aurait ni bas, ni plumets, ni toques, ni fichus, ni marchandes de modes, ni robes à la psyché, ni robes à l'enfant, ni robe à la Roxelane, et par conséquent pas de luxe, sans la femme, il n'y aurait ni amour, ni galanterie, ni rendez-vous, ni jalousie, ni soupirs, ni déclarations, ni fiançailles, ni mariages et par conséquent pas de...

A ce mot le gros homme marron fut interrompu par un terrible accès de pituite, je mordis ma serviette pour me défendre de sourire et ma voisine rougit.

Vous aviez donc une voisine ?

Pourquoi pas ?

Belle ou laide ? Jeune ou vieille ? Blonde ou brune ? En lévite ou en spencer ?

Que vous importe ? Ce qu'il y a de certain, c'est que ma voisine était charmante.

Et on l'appelait ?...

Que vous importe ? Vous seriez bien attrappé si elle s'appelait Brigitte, Cunégonde ou Perpétue, mais non, elle s'appelait Rose, Justine, Eugénie, Hortense, Adélaïde, Elisa, Rosalie, Marianne, Julie, Emilie, Victoire, Jenny, Claire, Dorothée, Gabrielle, Constance, Félicité, Blanche, Eléonore... elle s'appelait comme il vous plaira, je n'en sais rien, moi. Est-ce qu-on dit comment on s'appelle ?

Etait-elle fille ou mariée ?

Que vous importe ? Ni l'une ni l'autre, peut-être, au reste je vais le lui demander.

Pourrait-on savoir si Madame...

Vous vous familiarisez vite...

Cela m'est permis, son grand œil bleu le dit ouvertement, elle est donc blonde ?

Eh ! bien... point du tout, elle est brune, est-ce qu'on ne voit pas des brunes aux yeux bleus ?

Si Madame, ou Mademoiselle... est mariée, ou ne l'est pas...

Je suis mariée, Monsieur, mais mon époux est éloigné, là-dessus elle soupira...

De quoi ?

Que vous importe ?

Mais soupirait-elle parce que son mari est absent ou parce qu'elle est mariée ?

Qu'en sais-je ?

Ce que je sais bien, c'est que j'ai soupiré aussi et que nous nous sommes rencontrés. Or il y a différentes manières de se rencontrer. Il y a rencontre des yeux qui annonce presque toujours rencontre des cœurs, rencontre des soupirs qui annonce presque toujours rencontre des désirs... rencontre des genoux... et au moment où je vous parle, mon genoux rencontra le sien, ma main rencontra la sienne, ma bouche qui rencontra sa joue déroba un baiser furtif... puis je l'approche de son oreille et je lui dit tout bas : Madame, voulez-vous que... crac.

Ceux de mes lecteurs qui ne comprennent pas le sens de crac sont prévenus qu'on peut le remplacer par : suffit. Cependant comme suffit n'est pas crac et que crac n'est pas suffit, comme il n'y a point de synonymes dans la langue, pas même suffit et crac et que par conséquent suffit peut signifier autre chose que crac et crac autre chose que suffit, ils sont libres de choisir entre suffit et crac, par exemple auprès des femmes, je ne dis plus guère que suffit, tandis qu'autrefois mon premier, mon second, mon troisième mot était crac et toujours crac... Obervez un fournisseur à l'aspect d'une caisse bien garnie, crac s'écrira-t-il en déployant rapidement les phalanges du métacarpe... et il ne dira jamais suffit, ni Barras non plus, ni Rapinat non plus, ni Madame votre épouse non plus, ni ma maîtresse non plus, ni celle de bien d'autres non plus.

Ce qui prouve que cela dépend des goûts.

Crac...

CHAPITRE VIII

Amphitrion

Du temps où je n'étais pas encore scrupuleux.

Qu'arriva-t-il ?

Il arriva que j'étais hussard de Chamborand ce que vous ne saviez pas encore et que je plus a la femme d'un proconsul, ce que vous saviez déjà...

Il arriva que je devins secrétaire d'un général, ce que vous saviez déjà et que je couchai avec son épouse, ce que vous ne saviez pas encore.

De quoi diable allais-je m'aviser de tomber amoureux d'une générale ? elle était jolie !...

Mon général couchait au rez-de-chaussée. La femme de mon général couchait au premier et je couchais au deuxième. Un soir en montant de la chambre de mon général à la mienne, il me prit envie de passer par celle de sa femme, j'entre, elle recule, je me retire, elle me retient, ah !...

Quant à Monsieur Rouph que j'ai connu au régiment de Chamborand, c'était bien l'homme le plus...

Qu'arriva-t-il après cela ?...

La femme de mon général allait se coucher et moi aussi... lorsque mon général poussé par le même démon que moi, entre brusquement, me voit et dit...

Que dit-il ?...

Il ne dit rien, se gratta le front et m'enjoignit par un geste impérieux d'aller coucher au deuxième étage.

Le lendemain, avant le jour, mon général me fit passer par un de ses officiers un billet de logement à la maison d'arrêt et un ordre de vuider la place quand mon séjour serait achevé.

Je demeurai neuf jours dans mon nouvel appartement. On n'y buvait que de l'eau et l'air m'en parut d'ailleurs malsain. Aussi, dès que mon bail fut consommé je fis ouvrir la porte cochère du logis et je décampai léger de bagage et d'argent.

Il était minuit; je filais... je filais... enfin; soit dessein, soit hasard, je me trouvai juste devant la maison de mon général. La porte était ouverte... juste l'escalier se rencontre, je monte, je passe devant la chambre du premier étage, et après neuf jours d'abstinence étais-je homme à aller coucher dans la mienne ?

Qui est là ?

Moi...

Eh ! d'où venez-vous ?

De prison.

J'en fus bien fâchée.

Je le crois.

Mais, je suis couchée.

Tant mieux.

Je n'ai point de lumière.

Je le vois bien.

Vous vous asseyez sur mon lit.

Pour causer de plus près.

Vous baisez ma main.

Il y a si longtemps que je ne vous ai vue.

Vous soulevez ma couverture.

Elle est si épaisse.

Vous passez dessous.

Il fait si froid.

Mais le public.

Il n'en saura rien.
Mon mari.
Dort.
Mon honneur.
....

CHAPITRE IX

Le meilleur du livre (1)

. . . .

(1) Ce chapitre consiste dans une page blanche uniquement marquée dit M. Gazier, de points d'interrogation, d'exclamation, de parenthèses, de virgules et de traits. Il eût peut-être été curieux de le reproduire photographiquement.

CHAPITRE X

N° 204

J'arrive à Paris.

D'où veniez-vous ?

Qu'importe !

Où alliez-vous ?

Qu'en sais-je !

Que faisiez-vous ?

J'écrivais, je dormais, je m'ennuyais, comme ici je faisais de mauvais vers et de la mauvaise prose, comme ici, je fréquentais les cafés et les mauvais lieux, comme ici. J'allais quelquefois au spectacle comme ici et j'y allais précisément ce jour-là.

Avez-vous vu St-Prix, Talma, la Fleury et la Mezeray ? oui.

Je ne les ai pas vus, moi, je n'ai vu qu'une brune mystérieuse qui me paraît charmante et qui a tort certainement d'ensevelir une partie de son beau visage dans un voile importun que je maudis depuis une heure. En passant près d'elle je l'entendais qui disait : c'est lui, j'ai repassé et elle disait : Est-ce lui ? Je repassais encore et elle a dit : Ce n'est donc pas lui !

Elle a raison cette fois, murmurai-je tout bas, mais je le vaux peut-être et il faut tenter la fortune.

J'allais penser aux expédients quand on baissa la toile. Les spectateurs sortaient en foule et je suivais de l'œil au milieu de vingt groupes confus, la dame de mes pensées.

Le n° 204, s'écria-t-elle de la porte ! à ces mots un fiacre s'approche, on l'ouvre, elle monte. Il n'y avait plus à balancer, le fiacre allait se perdre parmi les autres et dérober à mes regards un objet sur lequel j'avais fondé les plus douces espérances... je m'élance après elle... elle veut faire des observations que j'interromps par un baiser et la voiture va son train.

Est-ce lui, dit-elle toute émue ?

Cependant, enhardi par l'obscurité, je devenais agaçant... je me pressais d'abord contre elle... ensuite j'amenai doucement sur moi un de ses bras... une de ses jambes y fut bientôt... et enfin le corps entier s'y trouva je ne sais comment.

C'est sans doute lui, dit-elle toute transportée.

La gaze de sa robe était fine... les cahots de la voiture étaient violents... de secousses en secousses les choses prenaient un assez bon chemin.

Oh ! c'est lui à coup sûr, dit-elle en retournant sa tête contre la mienne.

A force d'y penser, je crus la reçonnaître aussi...

C'est elle, dis-je, en cherchant à distinguer ses traits à la faveur des réverbères.

C'était elle en effet.

CHAPITRE XI

Extrait des registres

Savez-vous bien ce que répondit à cela ma belle voisine aux yeux bleus ?

Que répondit-elle ?

Elle répondit précisément comme ma mère a répondu à son amant neuf mois avant le 25 avril 1780.

Qu'a-t-elle répondu ?

Elle a répondu...

Laissez passer...

Voilà une réponse qui débute comme un passeport.

C'en est un aussi...

A quoi cela sert-il ?

A me faire connaître, et il est important qu'on me connaisse avant ma mère.

Laissez passer...

Qui ?

Moi.

Votre nom ?

Vous ne le saurez pas pour trois raisons. La première c'est que je ne veux pas le dire et celle-là est assez forte pour me dispenser des deux autres.

Laissez passer Charles anonyme trois étoiles, âgé de 19 ans passés...

19 ans passés...

Oui Mademoiselle.

Yeux gris, sourcils noirs, cheveux crépus.

Cheveux crépus...

Oui, Mademoiselle.

Nez gros, bouche moyenne, menton rond, visage ovale, épaules larges...

Epaules larges...

Oui, Mademoiselle.

Taille de 5 pieds 9 pouces.

Neuf pouces...

Oui, mademoiselle.

Oui, monsieur.

Qu'est-ce qui a dit cela ?

C'est ma mère.

Qu'en arriva-t-il ?

Ce qui arrive toutes les fois que les femmes répondent affirmativement à certaines questions et je naquis neuf mois après.

Ce qu'il y a de certain, c'est que mon père eut tort de faire un enfant à ma mère, que ma mère eut tort de se laisser faire un enfant par mon père et que j'eus tort de ne pas mourir en nourrice parce que je m'ennuie en ce monde.

Ce qu'il y a de certain c'est que je suis né le 29 avril 1780.

Ce qu'il y a de certain c'est qu'on a oublié dans mon passeport que j'avais une petite cicatrice à la lèvre et une petite lentille dans l'œil gauche.

Qu'importe ?

Si cela ne vous intéresse pas, fermez le livre, faites-le dorer sur tranches, mettez-le dans votre bibliothèque à côté du fond du sac et ne le lisez plus.

Mais cela vous intéressera car mon livre doit intéresser tout le monde.

Les joyeux y riront avec moi, les mélancoliques y pleureront quand je pleure et cela n'arrive pas souvent.

Les jacobins le prôneront parce que je ne suis pas chouan et les chouans parce que je ne suis pas jacobin.

Les jeunes filles promettront à leurs mères d'éviter soigneusement les chapitres licencieux et ne liront que ceux-là.

Je plairai aux médisants, aux sages, aux gens sensibles, aux roués. Si le ciel permet que quelque journaliste bien lourd dise du mal de moi, je deviendrai à la mode... on me vantera; on m'élèvera aux nues, on me réimprimera peut-être.

Vous voulez donc vous faire imprimer?

Non.

CHAPITRE XII

A d'autres

Mais Elisabeth...

Elisabeth est jolie et puis il y a tant de femmes jolies. J'aimais Elisabeth, j'en aime une autre, j'en aime deux autres, j'en aime beaucoup d'autres.

Connaissez-vous cette grande blonde au teint fleuri, dont les lèvres appellent le baiser, dont toutes les formes font naître le désir. Connaissez-vous Rosette enfin ? Je l'aime.

Connaissez-vous cette jeune fille au regard modeste, à la voix douce, au teint de lys ? je gage que si vous l'aviez vue une fois, vous brûleriez de répandre des roses sur ce lys là, car c'est Louise et je l'aime.

Connaissez-vous Marianne qui à 16 ans, éclipse déjà toutes les beautés de nos cercles ? Marianne belle sans y tacher et charmante sans le savoir ? je l'aime aussi.

Connaissez-vous la brune Ste-Elme ? C'est la plus charmante de nos actrices, je ne vais au spectacle que pour la voir, pour l'entendre, pour l'applaudir. Quand je l'approche, je suis ému, quand je lui parle je tremble... quand elle me parle, j'ai la fièvre... je ne sais pas comment mon cœur peut y suffire, mais je l'aime encore.

Et vous dont je ne parlerai point, parce que j'ai peur qu'on me devine, et que je nomme point... parce que je ne sais pas votre nom... ah ! je vous aime...

Je vous aime toute la nuit, ma parole d'honneur.

Voilà des changements bien rapides, diriez-vous ? Pas si rapides.

Il y a un mois que je n'ai écrit, un mois que n'ai pu écrire.

La police a trouvé mauvais que je portasse des cheveux courts et un bonnet de maroquin.

Je me suis brouillé avec la police.

La police m'a fait rouer de coups par deux cents de ses affidés et je n'ai rien dit.

La police a décerné contre moi un mandat d'arrêt et je me suis sauvé.

La police m'a fait chercher et me voici. Comment diable voulez-vous qu'on écrive.

D'ailleurs je vous l'ai déjà dit, je ne veux point me faire imprimer.

On a bien imprimé d'autres sottises.

C'est vrai...

Les romans de M. Menier de Compiègne.

C'est vrai.

Les poésies de M. Hoffman.

C'est vrai.

Les compilations de M. Prudhomme.

C'est vrai.

On ne finirait jamais.

C'est vrai mais cela ne prouve rien.

Ce qu'il y a de certain, c'est que j'ai écrit le chapitre 17 avant le 18 brumaire et le chapitre 5 après...

Ce qu'il y a de certain c'est que vos chapitres sont dans un très mauvais ordre...

C'est vrai, mais cela ne prouve rien.

CHAPITRE XIII

Le moyen de parvenir

Je suppose même que mon ouvrage sera bon et puis-je courir une chance moins vraisemblable ?

Un Zoïle s'élève contre moi, il trouve le sujet froid... la conduite extravagante, le style plat, tout l'ouvrage détestable, le public répète des déclamations et mon livre est déprisé.

Un démagogue me dénonce sourdement au censorat de la police. Il a vu à toutes les pages des outrages aux républicains, des provocations à la royauté, des indices de conspiration... on ne me lit pas... pour cause, mais on me condamne et mon livre est séquestré.

Un tartuffe qui fait sa plus chère lecture du *Cantique des cantiques* et d'une infinité d'autres livres saints plus licentieux que le mien tout profane qu'il est, m'accusera hautement d'être le pervertisseur de la jeunesse, le corrupteur de la morale publique et mon livre est laissé.

Les folliculaires, les jacobins, les cagots hurlent en cœur et mon libraire est à l'hôpital.

Triste et fatale existence que celle d'un écrivain !

Il croit avoir imprimé à ses productions le sceau de l'immortalité... il leur survit. Il compte sur sa gloire, on le dénigre. Il espère acquérir à force de travaux l'aisance d'une heureuse médiocrité et il meurt de faim dans un galetas... il ne peut rien publier, rien écrire qui ne froisse un parti, qui ne choque une opinion.

Non je ne me ferai pas imprimer !...

Ou si je mettais jamais un livre au jour, je traiterais dans le premier chapitre de la fidélité de l'épouse, dans le deuxième de la vertu des comédiennes, dans le troisième du désintéressement des fournisseurs, dans le quatriéme de la pauvreté de Reubel, dans le cinquième des victoires de Schérer, dans le sixième de la conspiration de Clichy.

Et mon volume serait tout blanc.

Mais non... je ne me ferai pas imprimer.

Peut-être.

Jeune homme, savez-vous frapper 4 fois vos pieds en l'air et retomber en pirouettant ?

Savez-vous fredonner une ariette en mesure ?

Savez-vous dire des platitudes avec un air suffisant ?

Savez-vous faire rouler un wisk sur le pavé ?

Oui !

Allez et brillez.

Moi, je resterai inconnu dans un grenier avec mon écritoire et un bouquin... je ferai des couplets qu'on ne chantera pas, des comédies qu'on ne jouera pas, des livres qu'on enverra à l'épicier, je barbouillerai du papier sans relâche, et je porterai encore pendant deux ans mon habit brun qui est troué au coude !

CHAPITRE XIV

Réflexions morales sur mon habit brun

Quand pour la première fois, je parvins à coudre ensemble deux phrases bonnes ou mauvaises, je me persuadai modestement que j'étais le premier homme du monde et j'osai me lancer dans les sociétés les plus brillantes, trop certain de m'y soutenir à la faveur d'un mérite transcendant que je me croyais. Le premier jour je dis tout ce que je savais et je fus trouvé charmant. Le deuxième jour je ne dis plus rien et je parus maussade.

Le troisième jour, on me proposa de danser. Je marchai sur ma valseuse. Le quatrième jour, on ne me regarda plus, ce qui me convainquit un peu tard qu'il ne faut pas ambitionner un rôle éclatant quand on ne valse point en mesure et surtout quand on n'a qu'un habit troué au coude...

En m'entendant parler de mes cheveux courts, de mon bonnet en maroquin et de mes démêlés avec la police, vous m'avez pris sans doute pour un de ces aimables élégants qui consacrent deux heures à l'arrangement de leur cravate et qui ne s'occupent tout le long du jour que de leur costume du lendemain. La circonstance de mon habit brun troué au coude a dérangé vos conjectures et vous ne savez trop qu'en penser maintenant.

Ni moi non plus.

Rappelez-vous cependant, s'il vous plait, que je suis un

assemblage de contradictions, que mon caractère est composé des éléments les plus hétérogènes, et que je ne me ressemble pas pendant dix minutes consécutives.

Vous apprendrez sans étonnement d'après cela que je suis aussi inconséquent dans ma toilette que dans mes idées et vous ne trouverez point extraordinaire que j'adopte un costume en parfaite concordance avec mon esprit.

Rien n'est, vous le savez, plus inconstant que l'esprit de l'homme tantôt fier et tantôt rampant, tantôt triste et tantôt joyeux, il varie d'un mois, d'une semaine, d'un jour à l'autre. Ce qui le choquait lui est devenu agréable. Il passe du blanc au noir sans motif et revient sans motif du noir au blanc. Incertain dans ses principes et dans ses volontés, dans ses idées et dans ses goûts, dans ses pensées et dans ses actions, il abjure sans effort les opinions auxquelles il avait tenu davantage, il parcourt avec rapidité tous les extrêmes sans connaître de moyen intermédiaire et retombe malgré lui de l'excès qu'il fuit dans un autre. C'est enfin, comme dit Charron, un brodequin qui prend la forme de tous les pieds, une régle de plomb qu'on fléchit et qu'on manie à son gré...

Et voilà précisément pourquoi je porte un habit troué au coude !...

Le Manuscrit de Moi-Même

L'opuscule que l'on vient de lire est conservé à la Bibliothèque municipale de Besançon. Il a été identifié par le conservateur, M. Georges Gazier, qui n'a pas cru devoir publier cet ouvrage en entier (1). Il a du moins facilité mes recherches avec une bienveillance et une activité que je ne saurais oublier. Dans les *Mémoires de la Société d'Emulation du Doubs*, (7e série, tome VIII, 1903-1904), puis dans un tirage à part intitulé *Un manuscrit autobiographique inédit de Charles Nodier* (Besançon, Dodivers, Bibliothèque Nationale 8° Ln [27] 52960), M. Gazier a donné les preuves de son authenticité, sa description bibliographique, et quelques extraits du récit. Ce travail nous dispense de revenir sur le manuscrit et sur l'existence agitée de Nodier qui, en 1799, partageait son temps entre des tentatives de conspirations burlesques et les

---

(1) Plus d'un passage pouvait faire hésiter un éditeur. Je n'ai fait cependant qu'une coupure, dans un chapitre où Nodier montrait trop manifestement que sa formation d'homme de bonne compagnie était encore aussi incomplète que celle d'écrivain.

occupations littéraires d'un emploi qu'il traitait en sinécure.

M. Baldensperger possède depuis plusieurs années une copie de *Moi-même* de Nodier qu'il est certainement des premiers à avoir connu. Il a bien voulu me faire profiter de sa connaissance particulière de l'œuvre de Nodier et des remarques qu'il a faites sur le roman dont il s'agit. Il voudra bien me permettre de lui en exprimer ici ma reconnaissance.

Si je n'avais visé avant tout à la brièveté dans l'introduction que j'ai mise en tête de cette publication, j'aurais aimé souligner l'intérêt que conserve, parmi d'autres ouvrages dont le charme et l'utilité décroissent, la *Confession d'un Enfant du Siècle.* Il y a là des remarques solides et d'une profondeur qui atteint, si l'on peut dire, le roc, en ce qui touche la connaissance de l'être humain, en France, dans un temps de désarroi.

Il faut noter enfin que, au moment où la forme féminine du don-juanisme est sur le point d'être étudiée par M. Marcel Prévost, le roman personnel féminin s'esquisse dans des travaux plus nécessaires que frivoles, comme ceux de Mme Magdeleine Marx. On ne peut accueillir sans un respect attentif ces prémices d'un indispensable complément.

TABLE

Issoire. — Imp. A. VESSELY.

www.ingramcontent.com/pod-product-compliance
Ingram Content Group UK Ltd.
Pitfield, Milton Keynes, MK11 3LW, UK
UKHW021312190726
13839UKWH00007B/1191

9 782329 209340